꽃신 띄운 자리

고요아침 운문정신 063

꽃신 띄운 자리

최문광 시조집

고요아침

모루에 드러누워 메질에 망치 장단
생각을 벼릴 때마다 숨 고르는 풀무질
시뻘건 쇳덩어리가 쓸모로 날 세우길

잉걸불 속 자맥질하며 마지막 담금질로
무지갯빛 숨비소리 난바다를 가른 후
시의 길 걸어 나가서 손에 익은 연장 됐으면

2023년 8월
최문광

| 차례 |

제2부

제3부

제4부

제5부

제 1부

접시꽃 엄니

여윈 몸에
아기 구덕
줄줄이 안고 업고

오뉴월 땡볕에선
당신 몸이 그늘이다

허리가
휘어진 곳에
자식 나무 심으셨다

꽃신 띄운 자리

보고 싶다, 눈물 빠진
칠산 바다 만져본다

잿빛 속 붉은 노을 바라본 만큼 더 아프고

그리움 지우려 왔다가
지운 만큼 더 아프다

한쪽 잃은 낮달은 서녘 보고 슬퍼한다

가슴에 박힌 못 자국 잔물결처럼 수도 없다

꽃신을 띄운 자리에
눈물 훔친 그림자만

어버이날 아침

술 한 잔 드시고 싶어
새벽까지 기다리다

서운한 발길 돌리셨다고
동살이 일러준다

괜찮다,
푹 더 자라고
얼굴만 보고 간다

세월의 향

어렵고 힘들어도 앞만 보며 살았다
푸른 기상 하나하나 꼿꼿하게 빗질하며
수피樹皮가 굵어질수록 절개를 미리 본다

굽어서 뒤틀어지고
꺾이어 고름 날 때
마마媽媽의 불도장을 안팎으로 새겨봐도

지천명
살다 보니까
나 모르게 된 존재

귀울음

늘그막에 벗하자고
동굴에서 사철 운다

나와서 우화羽化한 후 사랑가나 부르시지

달팽이 관악기 불며
제 흥에 취해
연주를

꿈에 본 네일아트

아내 손이
빛이 난다
열 손톱 오로라 펼

흑진주 속 밝은 샛별 하현달이 일렁인다

사랑의 하트도 둥실
허무한 꿈이었다

붉어진 손마디 관절 갈라진 손톱 세워
게미진 맛 버무리니 삼키기도 아깝당께

고춧물
네일아트가
내 가슴 치는 날

서녘 간 동서同壻

가난 벗고 가까스로 감칠맛 느낄 때쯤
암세포도 발맞춰 뼛속에다 터를 잡고
코로나 엎친 데 덮쳐 목숨줄을 당겼다

비명도 묵음으로 어둠 속에 묻어 놓고
재촉하는 저승길 머뭇머뭇 걸음 떼다
중환자 음압 격리실
존엄 없는 그 길 갔다

속 보여도 좋아요

욕심껏 시켜 먹고도
할 일 또 있단다

눈 감으소 하더니
아이참 붙여 놓고

이뻐요?
젊을 때 같네

짧고 뜨겁게 입술 쪽

손주를 품에 안고

갓 태어난 손주가
내 품에 안겨 있다

눈 감고 잠자는 척 로딩을 하고 있다

빠르게 업데이트 중
눈 뚜껑이 바쁘다

슬쩍, 눈을 떠
초점을 맞춰본다

눈부처로 담으려고 내 얼굴을 만진다

옹알이 서툰 인사말
할아버지, 반가워요

엄니 손맛

채 썬 애호박이
삼겹살과 어우러져

끓는다,
냄비에서
설컹설컹 게미지게

코끝은 모락모락 김
그리움을 모신다

추렴해서 사 오신
돼지고기 한 근에다

세월만큼 곰삭은 엄니 손맛 더하면

울 형제 숟가락 싸움
다투며 먹던 그때 그 맛

파김치

쪽파 뿌리 잘라가며
껍질을 벗기는데

머리 같은 흰 뿌리가 눈물 쏟게 만드네

파김치
담기도 전에
파김치가 돼간다

파전 부쳐 둘이서
막걸리 한 잔 하쟀더니

나만 시키지 말고 당신이 지져 줘보소

뭣 헌디 애먼 소리 해갖꼬
파김치 자처할까

평생 짝꿍 이귀순 님

살아온 흔적들이
잔주름에 음각되어

웃으면 구수하게 지난날이 묻어난다

한 가족
버팀목으로
궂음도 마다 않은

쑥대밭 길 걸어봤다고
인생길 곱게 쓸며

곰삭은 손맛 내어 술안주로 건네주는

순수한
자네 마음씨
목 넘김이 뜨겁다

황당한 전화

할머니,
예쁘게 바르고 다니세요

지난해 고사리손으로 또박또박 눌러 쓴 손녀의 편지
와 용돈으로 산 빨강 립스틱이 어버이날 할머니 눈가를
뭉클한 감격으로 촉촉이 적셔주는 손녀의 깜짝 선물 할
아버지 할머니 오래오래 건강하세요 하고 인사한 지 얼
마 지나지 않아서 따르릉 전화 한 통 할아버지 저 솔이
에요 할머니께 선물한 립스틱 돌려주시라고 하면 안 될
까요 제 입술에 바르고 싶어요 올해는 카네이션 선물을
주며 손가락을 깨문다 그때 그 쑥스러운 어색을 감추려
고

변덕도 성장한갑다
카네이션이 웃는다

평생 짝꿍

흰머리
앞세우고
저승길 먼저 갈까 봐

덧정의 손가락이 갈색 물을 들인다

나 봐봐
윙크하며 웃네
10년을 앞당겼어

제철 맛

머리 뗀 깡다리가
알 품고 도리뱅뱅

햇마늘 햇감자랑
여름 펄펄 끓이면

혀 녹는
게미진 맛에

잎새주

한 병 더!

제2부

시 쓰는 돌

좌대에 앉히면

붓 없이도 시 쓰는 돌

산수경석 형상석 추상석에 무늬석까지

시 한 수

묘사와 진술

나는 아직 멀었다

수석 2

몸 내음
향긋하다
매끄러운 피부에서

촉촉이 달라붙는 손바닥이 능청맞다

관능의 유혹에 빠져
만져본다
은근히

달마고도 가는 길

부처의 깊은 말씀
미황사에 맡겨두고

염주 굴리듯 발 굴려
목탁 소리 앞지르니

죽비가 등줄기 치며
조심하라 이른다

등뼈 길 숨길 것 없이 솔바람 속 다 보이고

삼황三黃*의 차림표 앞에 도솔암도 예 갖춘다

굽잇길 펼쳐진 경전
읽으면서 걷는다

* 불상, 바위, 석양빛.

수석, 자리를 잡다

300년 된 괴목 잘라
둥근 칼로 잡아준 터

사포질로 불러낸 나이테 기억들이

돌 한 점 뿌리내리자
은유의 길 들어선다

애향 수묵화

해무가 발묵하며 용머리를 그려낼 때
영산강 오리들도 자맥질로 해 띄운다
가야호 검은 굴뚝으로 뱃고동을 그렸었지

만선의 오색 깃발 잠방잠방 낑낑댈 때
비린내 줍고 있는 갈매기가 봄날이다
유선각 사우들 잔 속 시문으로 넘쳐난다

그날의 기억을 타고 용머리 건너갈 때
다닥다닥 정을 잇는 보리 마당 사잇길
붓끝은
어판장 꼴뚜기 놈
망신까지 그렸다나

당사도* 곰솔

꺾이고 베어 아문 흉터 자국 보상일까
현해탄 손짓하는 등대 불빛 알 듯한데
농단壟斷의 아픈 발자취 먼발치 그날을 읽네

잊어선 절대 안 돼 뜨거운 그들의 피를
섬 안의 집, 집마다 태극기 달아놓고
등대는 반기고 있다 곰솔도 강하다고

* 완도군 소안면 당사도.

성남도* 들독

사내들 가고 없는 난장판에 풀이 잔뜩
짝꿍 잃은 원앙 들독 한쪽이 팔려 갔다
흥취는 멎은 지 오래 노을만 여전하다

하늘에 질러대는 사내들의 큰 함성
아낙의 까치 뜀에 젖무덤이 들락날락
눈요기 기가 막히다 꿈도 야무진 어림짐작

휼조鷸鳥들 게를 잡아 값 부르며 종종걸음
갯물도 고봉에서 께끼 됫박질하느라
홀 들독 정자 모퉁이 팔려 갈까 졸았다

* 전남 진도군 조도면의 섬.

수석, 네 이름은 검은 달

백수의 포효소리

썰물에 멀어질 때

석화랑 물결 헤던

존재를 들춰보자

깊이가 어마어마한

칠흑 속에 온달

떴다

숫처녀 바위 앓이

몇백 년 수절로 오감도 잃었는데
언저리 매만지고 예를 지킨 매월 바람*
매화꽃 피기도 전에 복사꽃이 지고 있다

보고도 못 본 척 지나가는 무심이여
한 번만 머물러 줘 허리춤 잡아보게
오늘도 소슬바람은 치맛자락 비켜 간다

하늘 자락 구름 한 점 생 빛은 어디 갔냐
쓸쓸한 검은 사랑 오늘도 해 넘는다
숫처녀 아린 가슴을 달래줄 뉘도 없다

* 전남 해남군 화원면 매월리에 부는 바람.

암태도 에로스서각박물관

요크서 조형물이 분위기를 암시하는
승봉산 아래 폐교의 음산한 상상화
고막을 흔든 아우성 절정일까 시작일까?

껴안고 입 다물어도 내뱉은 저절로를
폭풍의 이안류가 흐느낌의 시간 잰다
바다야 너는 알겠지 짜릿한 저 몸서리

베어져 뒤튼 곰솔 뭇매 맞아 부푼 옹이
두리뭉실 잘라서 귀두 더듬이 만들었다
괜찮아 감싸 쥐는 손 괄약근이 찌릿하다

미혹의 방랑자들 회춘 찾아 방문했다
적나라한 묘사 앞에 민망해도 궁금해
해설자 리비도 이론 끄덕이며 뭉갠다

압해도 분재공원

2월 숫눈
창밖에서
붉은 입술 바라본다

하우스 안 복사열에
노란 꽃술 설레는

홍매화 선이 곱구나

선비 붓끝이

보인다

자라도* 저녁노을

더위 먹은
섬 하나가
다리를 길게 뻗고

해조음 엷은 가락에
노老 해송 귀를 댄다

갈매기
소실점 되며
첫사랑도 멀어간다

수평선 탄금 소리 구슬프게 걸어오네
선착장 갯바위는 무릎 치며 한탄가를

한 생生이
우둑하니 서서

지는 노을
읽는다

해언사* 아침 공양

금골산**
마애여래좌상
굶고 사는 줄 알았더니

절집 텃밭 유자들이
새콤달콤 햇살 채워

남다른 발우 공양에
배꼽은 염화미소

송공리* 겨울꽃

꽃말을 지키려고

그렇게도 애를 썼던

먼바다 붉새 보며

애기동백 저문 정월

함박눈 서럽게 운다

멍든 꽃에 앉아서

* 천사 섬 압해도 분재공원이 있는 마을.

인동초 묵시록

신안군 하의도에 천사들이 모여든다
금은화 상징 보러 파도 딛고 걸어온다

민주民主 꽃
거저 아니라나
잦은 태풍 불었다

벼랑의 틈새에다 넝쿨손 뻗대 놓고
풍랑에 흔들려도 문화 인프라 깔았지

지금은
어떤 곳에서도
은은하게 향을 낸다

제3부

시인 집 개

정치면만 남은 신문
개집 앞으로 날라왔다

개들이 읽다 말고
한 발 들고 쉬 한다

시인 집 개도 삼 년이면
시 한 수를 짓는다

용담꽃 추억

장모님,
한군에 놀던 친구들 많이 왔소 잉
십자가 앞에 뒀다고 술 한잔도 안 권합디여?
하늘에 편히 계시니 기도 할 일 없지라

장인어른 아직도 술 안 끊고 자십디여?
하모니카 부시면서 윙크도 해 주시지라
제삿날 술 한 잔 따르며 별 질문 다 하요 잉

용담꽃 멋적 웃음 이파리 포개시더니
씨암탉은 맘으로 줌세 살아생전 표정 짓네
압니다, 가난이 그랬던 것 쓴 기억 용담 꽃말

차린 사람 따로 먹는 사람 따로

덧셈과 뺄셈 가지고
꼴값 알 수 있겠어

다 된밥 차려놓으니 숟가락도 못 들고

대장동 법인카드로

죽 쒀
다시

개 준다

앞지르기 반칙

한 발이 앞서가면
다른 발이 앞지르고
앞서거니 뒤서거니
숲길을 따라간다

스틱은 좌표를 찍고
산 기운도 같이 한다

딛는 발 쫓아가려고
뒷발이 앞지르자
앞지른 그 앞발이
앞에 앞발을 또 앞지른다

걷기도 깨우침이라
산책길에 바람 인다

세월이 주는 신호

안과 진료카드엔 '눈 침침' 쓰여 있다
시름 없은 대기표가 신호를 보내지만

낯설어 외면한 오감
어물쩍이 익숙하다

세월 가면 누구나 백내장은 온다고
천천히 또는 빠르게 빠짐없이 온다고

받아 논
밥상이지만
익숙하지 않은 길이다

여의도 닭

암탉도 알 낳으면 목청 뽑아 알리는데

배부른 여의도 닭은 낳지도 않고 소리만 커

일없이 한 해 보내도

닭 볏만 크고 붉다

한숨 대출

링링이 후려치고 타파가 휩쓴 들판
여의도 헛 의자를 타파가 타파하지
엎드린 벼 이삭에다 죄인 아닌 죄와 벌을

영글던 잘된 농사 허망이 추수하고
희망의 농자금도 태풍이 쓰고 갔네
그 어둠 쑥대밭 길지나
절뚝이며 은행 간다

우리끼리 풀자

철 가시
묶인 허리
가늠자 부릅뜨다
참을 수 없는 고통 오죽하면 폭발할까
허리끈 허기 조이며
문단속 빗장까지

힘 믿고 이벤트로
이설까지 앞세운다
생태계 우려먹고 셈 즐기는 노랑머리
돈벌레 익충이란다
벌레도 체면 알지

해보니
되더라
수출규제 압박에도
한반도 구석구석 우리 함께 심어놓고
모란봉

독도 초대해
보란 듯 냉면 먹자

발뺌

익은 참외 찾으려고 풀잎을 젖히는데
개구리가 발등에다 오줌 싸고 팔짝 뛰네

오리발

비위 참 좋다

그 사람

생각난다

무전유죄 유전무죄

외접원外接圓 민중들이
내접원內接圓 향한 저 함성
오리발 자신 있다 날이 선 서슬 눈빛
진창을 밟았던 발들 질서 있게 걸어간다

성실히 조사받겠습니다
맘도 없이 읽는 문장
깊이 파면 팔수록
나오는 건 헛웃음만

생각이 서로 달라서 셈하기가 쉽지 않다

외접원과 내접원은 자리 잡기 차이인데
먹물잡이 정의 눈금 중심 잃고 헤맨다
결론은 정해졌겠지
짜고 치는 고스톱

다시 보는 싱 어게인

끼로 눌러버렸다
심사위원 전원을

뜬구름 오르려고 이무기들 애절하다

승천을 경쟁시킨 후
난처하니 나 안 해

어디서 온 족보야
술렁이는 심사석

상상 벗어난 이탈에 어안이 벙벙하다

사는 법 또 배운 무대
노래가 아닌 눈물이다

그날 선언

무궁화 목란木蘭 꽃이
웃는다 크게 밝게

양단의 칼날들이 벼름 없이 웃고 있다

오늘은 모든 꽃이
울면서 웃고 있다

그날 남겨두었던
보따리 어서 풀자

바다 건너 잔말들은 풍산개와 진돗개 주고

사는 곳 서로 달라도
내 것 네 것 없었으면

동만이, 결국엔 간경화로

눈만 벌어지면은 술 때 묻은 동만이가

성님 계시오 성님 성님 뭔 일로 식전에 그케 빨리 와부
렀는가 아니 그런데 대굿박이 어째서 그란당가 밤에 쥐
하고 쌈했는가 쥐가 머리를 뜯어먹다가 쬐깐씩 넹겨놨
구만 대굿박 묵정밭이 볼만하네 미치긋다 ㅋㅋ 아이고
배야 배꼽이 요동치고 전립선이 땡기네 성님 손지들한
테 흰머리 뽑으란께 꺼만 머리까지 다 뽑아부요안 그래
서 미용 바리깡으로 다 밀어부라 하고 100원짜리 몇 개
쥐어줘부렀오 이발해 준 손주가 몇 살 먹었당가 에 성님
여섯 살이어라 대굿박이 기겟독 올랐는가 갠질갠질해갖
꼬 살 수가 있어야지라 그래 싹 밀어부라했오 우리 누나
가 손뼉 치고 죽는다고 우습다다 나는 손주들이 이발 잘
해서 웃는 줄 알았지라 동만아 에 머리 이리 대봐라 폰
으로 찍어 보여줄게 찰칵찰칵 찰카닥 여그 봐라 완전 눈
이 세모꼴로 이랑께 우리 누나가 손뼉 치고 죽겄다 웃었
고만 으매 동만아 에 쩌그야 내 화물차 빽미러 한 개 띠
어 갖고 어깻죽지 매달고 니가 봐봐야 와따 성님 앤간히

웃기쇼 동만아 예 바리깡 갖고 와라 내가 좋게 밀어줄게 알았소 하더니 마는 지금까지 소식이 없다, 소주가 매달 아 놓은 모양이다 중학교 다닐 때 5.18 민주화 운동 구경 하다가 삼청교육대 끌려가서 얼차려 벌에 안 죽을 만큼 맞고 바보 되어 글 모른 문맹으로 술만 의지하고 살았으 니 그런 정황과 기록 있을까 백방으로 동만이란 이름 찾 아봤다지만 증거 없어 보상 못 한다고 헬기로 기총사격 해놓고 증거 있냐 뻗대는 당당한 사람도 있는디

눈뜨면 잎새주 찾다
결국에는 간경화

검짜檢者들의 격

조심히 안 살아봐
씹힌 대로 뱉는다

거만한 검짜들의 전형적인 모습이다

날리면,
재미 좀 봤나

개 버릇

가긴

어딜

29만 원 먼 여행

교련복 입은 채로 주먹 쥐고 나간 아들
관통에 치를 떨며 먼 산 보고 입술 문다
묘비를 만질 때마다 검은 울음 되풀이를

왜 이래
니~가 내주라!
되려 한술 더 떴던

사죄 뭘?
90살 생生 저승 가도 눈총 맞네

무등산 고개 돌리며

사람도 아녀

사람도

제**4**부

슬픈 유언

해 뜨면 집 나가서
해 지면 들어와도

풀 매고 돌아서면
또 풀이 솟아나니

느그덜
나 죽고 나면
절대 땅에 묻지 마라

닳아진 손톱 길이
뒷골 잔등 넘을 거고

호미 닳아진 건
몇 지게는 되고말고

풀 매다
다 간 내 인생
땅에 묻어 쓰겄냐

돌담

경계의 담장 아닌 배려의 담장으로
큰 돌은 밑에 눕고 엇갈려서 기대가며

맞잡아 통하는 온기
돌담들이 숨을 쉰다

기와 불사

애태움 간추려서
기왓장에 적는 바람

풍경이 넌짓넌짓 곁눈질로 바라본다

간절함 전해주려나
목탁 소리 바쁘다

실타래처럼 엉켜진
삶의 고리 풀려라

풍경소리 담은 가슴 일순간 잔잔해져

한 가닥 끄나풀 놓고
왔던 길 되돌아간다

아들 타령

돌부처 콧잔등이
뜯겨져 오목하다

고만이 엄매가 떼어갔나
딸금이 엄매가 파갔나

한 맺힌 고추 설움에
부처님은 뭔 죄고

수완 手腕

주판을 놓지 말고
마음으로 다가가소

대수롭지 않은 일이
더 큰 물음 앞에 서니

속셈을
읽혀주는 것

밑짐 아닌
보탬이니

창작의 시간

들길 걸어 보고
산길도 걷다 보면

지천에 보이는 것
약이 되는 풀과 나물

맛깔난 요리법 고민

맞아!

시조도
그런 것

소띠 희망 사항

싫어도 웃어 보소
미워도 웃어 보소

드려 보소 드서 보소
신축년엔 즐기소

경자년 거리 두기는
어서 가소 이젠 싫소

인생 노

물들 때 노 저어라!
기다리지 않을 물때

격랑의 두려움은 마음속에 있는 것을

당겼다 밀어보면서

키 없이

가는 법을

종승이 어머니

호미처럼 굽은 허리
갈퀴 같은 손가락이

밭고랑의 풀 뽑으면 모든 곡식이 코 만진다

구십이 넘는 나이에도
"일 안 하믄 죽어야!"

유모차 우두커니
기다리다 졸고 있네

이랑에 배춧잎이 콧등을 만지려고

어둑살 잔소리하며
들어가시라 떠민다

미투

유혹을 참아내기
그렇게 힘들었나

명예도 벼슬도 천길 벼랑이 코 앞이다

지르고 뭉갠 손버릇
망신살로 잘렸다

문광 門狂

기생충 영화 땜시
내 이름 뻘쭘하다
반지하 단칸방에 헐뜯어 먹는 삶들
빈과 부 헬게이트로 했던 만큼 다가간다

보리싹 못 자라게 서릿발 날 새우면
밟아야 살아남는 아픈 기억 보릿고개
미친 문 활짝 열어 보다
헛욕심에 신음한다

목포 과일 공판장 짐꾼

깨끗이 목욕하고 해진 옷 다려 입은
전남 7거7777 국자 다섯 차량번호
굽은 등 한 짐 실으면 벅차도 기쁜 생

늙어도 아직 당당 말 가는데 소 못 갈까
경매장 호각 소리 시세 벌써 눈치채고
상자 속 양심의 무게 속속들이 다 안다

고빗길 오를 때면 절로 우는 척추관들
무릎은 닳고 닳아 파스 없인 못 살지만
저문 생 명예로운 번호 일어나 멀리 본다

그리움이 서 있는 곳

혈통을 자랑하는 강아지들 앞세우고
금골산* 비둘기 쫓다 책보 펴 솔방울 줍고
난로가 빙 둘러서서 불 쬐던 손 그립다

까까머리 단발머리 멀리서 보면 다 똑같아
메아리만 기억하는 이름들 지운 자리
큰 굴속 여래좌상벽화 품 큰 미소 그립다

조새바위 좁다 하고 구르고 엎어지다가
저물녘 밥 냄새에 집마다 웃음소리
그리움 서 있는 그곳 열구름이 부럽다

* 전남 진도군 군내면에 있는 산.

군산동* 단풍나무

매미를 업고 키운 아름 품이 베어졌다
노을빛에 물들며 삼백 년 혼을 담은
군산동 단풍나무가 한 생 접고 누웠다

함께한 세월만큼 표피에 쓴 방명록을
눈앞의 이익 좇는 편리로 잘라놓고
삼복이 다가온 후에 그늘을 찾고 있다

나이테에 새겨둔 점자 닮은 추억들이
하나둘 바람 타고 홀씨처럼 흩어진다
집 없던 하루살이만 구새 안에 터 잡았다

불러도 소식 없는 좋았던 지난날들
우듬지에 초록 한 잎 내려놓지 못한 채
환도로 어제를 쪼아 기억을 불러낸다

* 전남 무안군 삼향읍 유교리 마을 이름.

고철 한 척

숨구멍 찾던 곳이 벌집처럼 뚫려 있다
맹골도 눈물 바람 외항까지 걸어와서
빛바랜 노란 리본에게 일일이 묻고 있다

믿음은 가라앉고 설움만 덩그러니
철부지 무게가 만든 웃고 슬픈 고철 한 척
입 다문 영상저장장치 진실을 묻는다

제 5 부

필봉에 먹을 적시며

농담濃淡을 가늠하며
배를 채운 황모필이

젖은 길 걸어가며
한 생을 바림하네

열심히
걸어온 내 길
걸어 놓고 볼만 할까

진불암 애기단풍 1

붉은 울음
그치다 울다
잠시 또 하늘보다

손가락 거머쥐고 서럽게 삭히는 것을

풍탁은
알고도 모른 체
찬바람과 벗하네

진불암 애기단풍 2

경소리 목탁 소리 모두를 잡으려고
합장하는 애기단풍 화두 붉게 물드네

떨어져 휘어지는 곳
서래의西來意 찾는 길

진불암 애기단풍 3

맑게 읊는
부모 은중경
적막도 귀 기울이고

울림은 메아리 되어 사미니 가슴 치네

단풍잎
바람결 타고
불이문을 엿본다

진불암 애기단풍 4

우듬지 애기단풍
작설차가 그리웠나

세한도 속 다도인처럼
진불암을 찾았다

명선茗禪의 뜻 안다는 듯

손가락 끝이

붉다

진불암 애기단풍 5

부도밭 바라보며
생 마친 단풍나무

합장도 내려놨다 법의마저 벗어놓고

덧없음,
좌탈입망은
그림자도
지우네

춘화도

홍매화 살내음에
봄바람도 들떠 붉다

암수술 상열지사相悅之詞에
벌 나비도 어지럽다

홍건히
꽃물 젖는 봄
바람이 그린 춘화도

해국의 시간

해안 절벽 바위 틈
흙 한 줌 움켜쥐고

조석간만朝夕干滿 바람 쪼아
기다림을 물들인 꽃

해조음
들릴 때마다
보랏빛이 여문다

석산石蒜

주삿바늘 뽑으니
꽃무릇이 피어난다

칠점사에 물린 다리 까맣게 촉감 잃고
피돌기 막힘이 없어 쉽게 피는 독무릇

사인화 장례화에
지옥화 유령화까지

이명도 너무 많아 말할 수 없지마는

맹독은
불길한 꽃으로
바늘 꽂자 피어난다

* 칠점사 독은 지혈을 방해함.

창백하게 질린 섬

사용하고 버린 것이 밀려오고 벗겨져
몸 자랑 얼굴 자랑 심지어는 속옷 자랑

공포가 사구를 막고
혐오가 자맥질을

너와 내가 살아가며 무심코 했던 버릇
섬들이 가슴 쥐며 심폐소생 기다린다

안된다, 깨지 않으면
이러다 다 죽는다

당산나무 잘리던 날

개기일식 금환식
한 해에 두 번 봤다

200년 수호신으로
방명록 써왔건만

신암리 개발 재판에
밑동 우직 잘렸다

잎잎들의 아우성도
무지 앞엔 속수무책

눈 감아도 기척 없는
바람 소리 새 소리

풀어져 흩어지는 기억
나이테만 숨이 찬다

노송의 세월

바람 불면
부는 대로
눈비 오면
오는 대로

노송의
솔잎마다
초록물이
뚝뚝 진다

곡진 삶

견뎌 온 세월

수피樹皮에

전부 건다

꽃무릇

폭죽 심어 놨더니
불꽃놀이 신났다

햇귀 달려오는데 날 샌 줄 잊고 있다

처마 밑 귀뚜리 소야곡
슬픈 전설 터트렸다

산벚꽃

한 생을
베어내어
판각한 팔만대장경

살리타* 말굽 소리 조용하게 잠재우던

그 몫 또
하려나 봅니다
산벚꽃이 피었습니다

* 몽골 장수.

초의선사 생가에서

봉수산
찻잎 덖어
추사 품에 보냈더니

차향보다 더 깊은
묵향으로 돌아왔다

물 건너
날아온 명선茗禪

끽다거喫茶去 후 선정에 든다

시조는 시인의 품성을 닮는다

/고정선

시조는 시인의 품성을 닮는다

고정선

시인

1. 시조 짓는 고통

반과산두봉두보 飯顆山頭逢杜甫
정대립자일탁오 頂戴笠子日卓午
차문별래태수생 借問別來太瘦生
총위종전작시고 總爲從前作詩苦

반과산 머리에서 두보를 만나니
눌러쓴 삿갓에 햇볕이 쨍쨍 내리네
그사이 어찌 그리 야위었느냐 묻노니
아마도 모두가 시 짓는 고통 때문이겠지
　　　　　　— 이백, 「희증두보戲贈杜甫(두보에게 농담 삼아 주다)」

　이백의 시 「희증두보」를 서두에 놓은 이유는 최문광 시인의 시조집을 앞에 두고 시조 짓는 고통에 대해 느꼈을 작가의 심정을 십분 헤아려 보고 싶었기 때문이다. 최문광 시인은 2019년 ≪시조시학≫ 겨울호 신인상으로 등단하였다. 등단 4년 만에 내는 첫 시조집인 만큼 본인의 고뇌도 컸을 것이라 짐작해 본다. 수석을 좋아하고, 한국화에도 심취해 있으며, 서각 실력도 대단해 좋은 나무를 보면 애송 시조나 자작 시조를 쓴 후 예리한 칼끝으로 글의 맥과 나무의 결을 살려 놓는 솜씨가 일품이다.

어느 시인에게서 들은 이야기인데 비평가에는 세 종류의 스타일이 있다고 한다. 창작 위에 군림하면서 억압적으로 자신의 신념을 강요하는 폭력적 계도형 검사 스타일, 매사에 창작자를 옹호하는 얌전한 덕담형 변호사 스타일, 이러저러한 징후나 사례를 따지고 그것을 저울에 달아 제언하는 엄정한 판단형 판사 스타일이라고 해 쓴웃음을 지은 적이 있다.

필자에게 보내온 시조집이나 서점에 꽂혀 있는 시조집의 맨 뒤를 보면 '해설'이라고 쓰인 것이 제일 많았다. 그런데 필자는 평론가가 아니면서 '해설'이란 말을 쓰기가 쉽지 않았다. 국립국어원의 『표준국어대사전』에 보면 해설은 '문제나 사건의 내용 따위를 알기 쉽게 풀어 설명함, 또는 그런 글'을 뜻하는 말이다. 설명은 일이나 대상의 내용을 상대편이 잘 알 수 있도록 밝혀 말하는 것이다. 그런데 시조집 뒤에 발문처럼 붙이는 글에 '해설'이란 표제를 붙이면, 그 글은 '그 시조집의 시조를 읽는 사람에게, 그 시조를 잘 알 수 있게, 쉽게 풀어 밝혀 말하는 것'이 된다. '시조 평'도 사전적 해석으로 보면 평은 평가하는 것이다. 그러니 시조 평은 '시조의 가치나 수준 따위를 분석하여 판단하는 것'이 된다. 과연 내가 최문광 시인의 시조를 누구에게 해설할 만한 실력이나 자질

이 있는가? 최문광 시인이 쓴 시조의 가치나 수준을 분석하여 독자들이 판단할 수 있게 하는 게 가능한 일인가? 시조는 판단하는 것이 아니고 느끼고 이해하는 것이라 생각한다. 그런 이유로 필자는 최문광 시인의 시조를 독자에게 잘 해설할 자신이 없다. 가치를 분석해 판단할 능력도 없다. 다만 나는 시조를 좋아한다. 그 마음 한가지로 '해설'이란 표제를 붙여 이 글을 쓴다.

박시교 시인은 "사실 좋은 시는 해설이 따로 필요치 않다. 읽어서 감동하면 그것으로 그만이다."라고 했다. 굳이 근래에 와서 시조집 마지막에 해설을 곁들이는 것도 어찌 보면 잔치 마당에 곁들이는 덕담에 지나지 않는다는 것이다. 걱정스러운 것은 필자의 해설이 이 시조집의 품격을 더해 주는 글이 못되고 좋은 시조에 흠집만 내는 결과를 낳지는 않을까 하는 점이다. 프랑스 소설가 아니 에르노는 "글을 쓰는 것은 경험을 다시 하는 것이고, 경험은 글로 기록될 때만 비로소 사라지지 않게 된다. 기억되지 않은 경험이란 일회성의 사건에 불과하여 결국은 흐려지는 기억과 함께 유실될 수밖에 없는 운명을 지닌다."라고 했다. 이제 최문광 시인의 뒤를 따라가면서 그 기억 속을 함께 더듬어 보는 가슴 벅찬 일을 시작하려 한다. 판단은 독자에게 맡기고 늘그막에 만나 호형호제하며 지내는 시인이기에 '인상 비평의 오류'에 얽매이지 않고 좋은 작품들을 느끼고 이해하며 편하게 이야기하듯이 써 보려 한다.

2. 가슴에 있는 이 한 구절

야오흉중유일구 也吾胸中有一句
위군제영최난형 爲君題詠最難形
오사약문심마어 吾師若問甚麼語
향도풍요전각령 向道風搖殿角鈴

내 가슴에 있는 이 한 구절
그대에게 읊어주려 해도 불가능하네
그것이 도대체 무슨 글귀냐고 묻는다면
바람에 처마 끝 풍경이 운다고 말하리
　　　　　　　— 월봉집,「탄세부예歎世浮譽(이 한 구절)」

Schiller는 "시를 쓸 때 현재의 고통과 같은 정서를 그대로 쓰는 것이 아니라 한층 온화하고 거리를 둔 정서로 써야 한다"고 설파했다. 생경한 감정의 표출이 되어서는 안 되며 거리두기를 유지해야 시적이라는 말이다. 감각적 체험들이 시적으로 승화된다는 것은 감정의 순화와 초연함에서 발아하는 것이다.

　화가이자 시조 시인인 민병도 시인은 "한 시인의 정신적 이력 안에서 시조라는 문학은 과연 어떻게 출발하여 어떤 경로를 선택하고 있으며 또 그 목적지가 어디인가를 살펴보면 작품의 배경이나 효용성을 이해하는 중요한 정보를 제공해 줄 것이다. 시조도 결국은 삶의 경영에서 빚어진 발언이기에 그 사람의 지나온 흔적을 품기 마련이다. 따라서 한 시인의 작품집을 온전히 이해하기 위해서는 그 시인이 어느 지점에서 시조를 만났고, 왜 지나쳐버리지 못하였으며, 어떤 경로를 이용하였고, 또 어디로 갈 계획인지를 살펴보는 일은 매우 의미 있는 과정이다. 거기에는 행간에 미처 다 읽혀내지 못한 심리적 갈등이나 모색이 엿보일 것이고 가고자 하는 목적지가 지닌 희망 가치를 유추해 볼 수 있다는 점에서 바른 시 읽기의 한 방법이 될 것이다."라고 하였다.

이번 시조집은 첫 시조집이 흔히 그렇듯이 죄분광 시인이 살아온 내력과 가족의 서사, 그리고 궁극적인 시적 지향들이 담겨 있다. 그의 시조는 사람과 사물에 대한 애정을 전제하고 있으며, 애정은 관심이고 관심은 관찰을 불러온다. 그런 이유로 그의 시조에서는 사람이든 사물이든 나와 가깝든 말든 그것들에 대한 애정이 듬뿍 느껴진다.

보고 싶다, 눈물 빠진
칠산 바다 만져본다

잿빛 속 붉은 노을 바라본 만큼 더 아프고

그리움 지우려 왔다가
지운 만큼 더 아프다

한쪽 잃은 낮달은 서녘 보고 슬퍼한다

가슴에 박힌 못 자국 잔물결처럼 수도 없네

꽃신을 띄운 자리에
눈물 훔친 그림자만

—「꽃신 띄운 자리」 전문

이번 시조집의 표제 '꽃신 띄운 자리'가 나온 시조다. 최문광 시인은 딸 하나를 가슴에 묻고 산다. 눈에 넣어도 안 아플 딸을 화장해 칠산 바다에 뿌린 시인의 심정이 떠올라 눈시울을 촉촉하게 한다. 칠산 바다에 윤슬이 반짝일 때마다 딸아이의 눈빛인가 가슴이 아리는 시인, "그리움 지우러 왔다가" 꽃신 띄워 놓고 지운 만큼 더 아픈 가슴을 갖고 돌아오는 시인. 평생 멍울을 안고 살아야 하는 그런 시인의 마음이 낮달과 대비해 그리움의 서정으로 오롯이 흘러들게 표현한 시조가 「꽃신 띄운 자리」다. 딸의 부재가 '꽃신'으로서 실존하고 있음을 증명하고 있다. 이런 부재의 증명이 되는 물건을 보면 누구나 유정한 생각이 들지 않을 수 없다. 부재에 대한 아픈 마음은 산자의 것이고, 죽은 자는 경계 너머에서 말이 없다. 그림자만 남기고 돌아와야 하는 아버지의 심정이 이번 시조집의 밑바탕에 깔린 정한의 뿌리가 아닌가 생각된다.

술 한 잔 드시고 싶어
새벽까지 기다리다

서운한 발길 돌리셨다고

동살이 일러준다

괜찮다,
푹 더 자라고
얼굴만 보고 간다
―「어버이날 아침」 전문

고희가 가까워지는 세월을 살다 보면 생전의 부모님 생각
이 너 많이 난다고 한다. 부모가 되어 인생의 쓴맛 단맛을 알
게 된 후 살뜰히 모시려고 맘먹으면 이미 곁을 떠나고 안 계
시는 것이 부모이다. "동살이 일러준" 아버지의 말씀이 더욱
무거운 존재로 다가서고 있다. "괜찮다, / 푹 더 자라고 / 얼
굴만 보고 간다"는 화수분 같은 아버지의 정을 생각하면 할
수록 마음이 애잔해진다. 어쩌면 해도 해도 부족한 게 효가
아닌가 생각되는 마음을 단수로 단아하면서도 넓고 깊게 그
렸다.

여윈 몸에
아기 구덕
줄줄이 안고 업고

오뉴월 땡볕에선
당신 몸이 그늘이다

허리가
휘어진 곳에

자식 나무 심으셨다

—「접시꽃 엄니」 전문

시조집을 출간할 땐 누구나 제일 먼저 배치할 작품을 두고 고민을 많이 한다. 왜냐하면 시조집의 첫 작품은 시조집을 대표하거나, 시조집 속 작품의 밑바탕에 깔릴 서정을 짐작할 수 있기 때문이다. 「접시꽃 엄니」는 어머니의 부재를 다루고 있다. 지금이야 출산율이 낮아 출산 장려를 위해 애쓰고 있지만, 예전에는 한 집에 네다섯은 기본인 시절이다. "줄줄이 안고 업고" 농사일까지 해야 하는 어머니의 헌신과 사랑을 "당신 몸이 그늘이다"로 집약하고 있다.

최문광의 시조들을 가로지르는 근원적 에너지는 가족을 향한 깊은 추억과 그것을 자신의 삶 속에서 성찰하는 과정에서 싹트고 있다. "비명도 묵음으로 어둠 속에 묻어 놓고 / 재촉하는 저승길 머뭇머뭇 걸음 떼다"(「서녘 간 동서」)에서 손아래 동서를 보낸 아픔을, "세월만큼 곰삭은 엄니 손맛"(「엄니 손맛」)을 찾아내며 형제간의 우애를 그리워하고 있다.

살아온 흔적들이
잔주름에 음각되어

웃으면 구수하게 지난날이 묻어난다

한 가족
버팀목으로

굿음도 마다 않은

쑥대밭 길 걸어봤다고
인생길 곱게 쓸며

곰삭은 손맛 내어 술안주로 건네주는

순수한
자네 마음씨
목 넘김이 뜨겁다

— 「평생 짝꿍 이귀순 님」 전문

필자는 최문광 시인을 좋아한다. 내가 최문광 시인을 좋아하는 것은 그가 선하기 때문이다. 최 시인은 전남 무안군 삼향면 유교리에서 부인 이귀순 님과 함께 '쉼터'라는 식당을 운영한다. 그의 집까지 가는 길목에 일렬로 서 있는 것들에서 수상한 냄새가 풍긴다. 수석이 되다 만 돌과 비바람에 바래 회색빛 낯빛을 드러낸 나무들에 쓴 자작 시조가 주인보다 길손들을 먼저 반긴다. 벽에 그려져 있는 커다란 소나무 한 그루가 조금은 뻐딱한 채로 오는 손님을 내려다보며 시인의 집에 들어올 자격이 있는지 없는지 위아래를 더듬는다. 이리저리 안쪽을 기웃거려 본다. 역시 방마다 본인이 만든 시화 몇 점이 걸려 있고, 자리를 잡은 수석들이 멋진 좌대 위에서 바람과 햇살의 이야기를 풀어 놓고 있다. 책상 위에 항시 켜 있는 컴퓨터와 그 옆에 펼쳐진 몇 권의 시조집들이 바쁜 중에도 순간마다 솟아나는 창작의 열기를 간직하고 산다는 것을 보여준다. 발걸음은 개울을 끼고 있는 뒤쪽의 화단으로 간다. 몇 그루의 나무들이 심겨 있는 정갈한 화단과 개울을 건널 수 있게 놓은 다리도 모두 최 시인의 작품이다. 이 집의 주인은 아마도 상당히 깔끔한 성격이겠다 싶은 느낌이 든다. 시조의 집이라서 그런가 생각한다. 우리의 전통 문학인 시조의 특성이 그러하지만, "어렵고 힘들어도 앞만 보고 살았다 / 푸른 기상 하나하나 꼿꼿하게 빗질하며 / 수피樹皮가 굵어질수록 절개를 미리 본다"(「세월의 향」)에서 이 집의 주인 역시 그런 성정을 지닌 것으로 보인다. 군더더기 없는 깔끔함, 그러면서도 촌스럽지 않은 단아함에 세련미까지 더한 느낌이다.

남의 집 가족사야 자세히 알 필요는 없다지만 시집을 읽다 보면 시인의 가족 사랑에 대한 흔적을 엿볼 수 있다. "고춧물 / 네일아트가 / 내 가슴 치는 날"(「꿈에 본 네일아트」), "이뻐요? / 젊을 때 같네 / 짧고 뜨겁게 입술 쪽"(「속 보여도 좋아요」), "흰머리 / 앞세우고 / 저승길 먼저 갈까 봐"(「평생 짝꿍」) 걱정하는 지고지순한 아내 사랑, "변덕도 성장한갑다 / 카네이션이 웃는다"(「황당한 전화」)는 손녀 사랑부터, 갓 태어난 손주를 안고 "슬쩍, 눈을 떠 / 초점을 맞춰보"(「손주를 품에 안고」)는 손주 사랑에, "구십이 넘는 나이에도 / 일 안 하믄 죽어야!"(「종승이 어머니」)하는 이웃을 품을 줄 아는 사랑까지 재미가 있는 작품들이 보인다. 위에서 열거한 시인의 성정을 짐작해 보면 가족들이 힘들지 않았을까 생각할 수 있겠지만 내면에 감춰진 사랑은 차고 넘친다는 것을 간접적으로 보여주고 있다.

　　부처의 깊은 말씀
　　미황사에 맡겨두고

　　염주 굴리듯 발 굴려
　　목탁 소리 앞지르니

　　죽비가 등줄기 치며
　　조심하라 이른다

　　등뼈 길 숨길 것 없이 솔바람 속 다 보이고

　　삼황三黃의 차림표 앞에 도솔암도 예 갖춘다

　　굽잇길 펼쳐진 경전
　　읽으면서 걷는다
　　　　　　　　　　　　　　　　－「달마고도 가는 길」 전문

　미황사는 우리나라 육지의 최남단에 있는 절로서 749년 (경덕왕 8년) 의조가 창건한 절이다. 미황사라 한 것은 소의 울음소리가 지극히 아름다웠다 하여 미자美字를 취하고, 금인의 빛깔을 상징한 황자黃字를 택한 것이라 한다. 여기서 삼

황은 불상, 바위, 석양빛을 뜻한다. 미황사 뒷산을 달마산이라고 하는데 백두대간에서 갈라져 나온 소백산맥이 두륜산을 지나 마지막으로 우뚝 솟은 산이다. 천년 고찰 미황사와 어우러져 경관이 빼어나다. 산 능선은 마치 공룡의 등줄기처럼 기암과 봉우리가 7km에 걸쳐 이어져 있다. 남도의 금강산으로 불리는 데 손색이 없을 만큼 풍광이 수려하고, 힘찬 기상과 장엄한 기운을 느끼게 한다.

최문광 시인은 독실한 불교 신자는 아니지만, 이 길을 걸으며 무심과 무욕을 배우고, 자연이 주는 극서정의 시심을 간직한다. "죽비가 등줄기를 치"는 길을 빈 몸으로 가는 것은 삶의 고행길을 가는 것일 수도 있고, 시인으로서 시조 창작을 위한 고뇌의 길을 가는 모습일 수도 있다. 한 굽이 한 굽이 휘돌아 걸을 때마다 새롭게 눈 앞에 펼쳐지는 풍경을 보며 "굽잇길 펼쳐진 경전 읽으면서 걷는" 시인은 아름다운 삶에 대한 자기 성찰의 화두를 잡고 걷고 있는 과정을 보여주고 있다.

좌대에 앉히면

붓 없이도 시 쓰는 돌

산수경석 형상석 추상석에 무늬석까지

시 한 수

묘사와 진술

나는 아직 멀었다

—「시 쓰는 돌」 전문

수석 애호가는 하나의 작은 돌에서 무위적無爲的으로 이루어 낸 아름다움을 찾아 즐기는 풍류인이자 자연을 사랑하는 사람이다. 자연 속에 존재하던 돌에서 어떤 아름다움이 발견될 때, 우리는 여러 경험과 인문학적 식견을 토대로 이를 관상하게 된다. 따라서 수석 감상은 결국 자기 심미안이 동원된 자연미의 발견인 동시에 자기 발견이다. "붓 없이도 시 쓰는 돌"에서 "시 한 수 묘사와 진술"을 배우며 스스로 "나는 아직 멀었다"고 실토하는 시인은 참 시인으로서 아름다운 향기를 품었다고 할 수 있다.

최문광 시인은 수석 애호가이다. 탐석을 위해서라면 시간과 장소를 가리지 않는다. 그의 거실에는 그가 수집한 돌들이 안성맞춤인 좌대에 앉아 있다. 시인은 작은 돌에 집약되어있는 대자연의 흔적 속에서 시를 찾아내는 경지에 오른 것 같다. 수석을 바라보는 정관靜觀의 상태에서 "관능의 유혹"(「수석 2」)에 빠지고, "은유의 길 들어선" (「수석, 자리를 잡다」) 곳에서 자연과 인간의 본질적인 이치를 깨달으며, 세상일에 초연해지고 마음이 평온해짐을 배웠다. 분청 찻잔을 고르고 거기에 숙차熟茶를 우려 내놓은 것 같은 단시조 한 수가 탄생했다.

최문광 시인은 시조집에서 75편의 시조를 선보이는데 그 중에서 38편이 단시조다. 예전의 시조들은 거의가 단시조였다. 그러다가 할 말이 많아지면서 차츰 단시조는 연시조로 흘러갔다. 현재 한국 시조단은 연시조가 주를 이룬다. 시조도 그 원형인 단시조를 지키고자 하는 노력이 힘을 얻고 있다. 너무 할 말이 많아지면 차라리 입을 닫고 만다. 그런 생략과 압축이 그리워지는 시대다.

단시조 창작은 시조의 세계화 측면에서도 의의가 매우 크다. 단시조는 오늘날의 모바일 시대 문화에도 충분히 적응할 수 있는 양식이다. 긴 글을 싫어하는 세대들에게 3행의 단시조는 매력적인 양식일 수 있다. 문제는 단시조가 갖는 형식적 제약을 어떻게 극복할 것이냐 하는 점이다. 현대인들의 복잡다단한 정서와 표정을 '3장 6구 12음보 45자 내외'의 짧은 시로 어떻게 담아낼 것인가의 문제인 것이다. "시조 한 수에 담지 못할 세계가 없다"고 천명한 백수 정완영 선생님의 말씀처럼 단시조 형식은 제약이 아니라 장점이 될 수 있다. 절제와 균형의 형식미를 살리면서 현대인의 감각적 삶에 맞는 소재들을 담아낸다면 좋은 시조가 탄생할 것이다.

최문광 시인의 시조집 『꽃신 띄운 자리』의 큰 얼개는 단시조로 채워졌다. 짧고 긴 여운을 주는 글이 이 시대 독자들의 관심을 이끌고 있다고 판단한 점에서 의미가 있다. 시조의 정형 미학을 개성적인 작법으로 승화시켜 가면서 현대 문명의 여러 징후를 극서정적 감각으로 녹여내고자 시도하고 있기 때문이다.

경계의 담장 아닌 배려의 담장으로
큰 돌은 밑에 눕고 엇갈려서 기대가며

맞잡아 통하는 온기
돌담들이 숨을 쉰다

—「돌담」 전문

최문광 시인을 처음 만나는 사람은 그의 외모만 보면 그가 무엇을 직업으로 하는 사람인가 쉽게 파악하기 어려울 수도 있다. 독특한 머리 스타일과 거무스레한 얼굴에서 풍기는 당찬 기개로 뭉쳐진 표정은 어떤 삶의 극기로 무장된 강한 면모를 느끼게 한다. 하지만 격의 없이 대화를 나누다 보면 차츰 그의 성실한 내면성과 친화력을 주는 눈웃음에 경계가 풀어진다. 확고한 정의감과 다부진 비판력을 갖춘 지극히 평범한 이웃임을 실감하게 된다. 그러면서 굳게 다문 그의 입가에서 무언가 금방 날카롭고 뼈 있는 한마디가 튀어나올 것 같은 근성에 찬 인상도 받게 된다. 이처럼 그의 품성은 자연미를 옮겨온 투박하고 순후한 의지를 보여주는 한편, 아무런 격의 없는 인품에서 신뢰감을 주는 것도 그만이 가질 수 있는 장기로 나타나게 된다. 바로 이러한 느낌은 그의 시조 작품과 전혀 무관하지 않다는 사실을 발견하게 되는 요체일 것이다.

이웃으로 살아도 이웃인 줄 모르고 살며, 층간 소음으로 이웃이 불안한 존재로 자리 잡는 안타까운 현실이 요즘의 우리 사회다. 진도가 고향인 시인은 정 많은 이웃과 어린 시절을 보냈을 것이다. "배려의 담장으로". "엇갈려서 기대가며". 온기로 "돌담들이 숨을 쉬"는 진한 향수를 그리워한다. 이 시인의 인간미가 작품 속에서 승화되는 통찰적 사유를 보게 된다.

들길 걸어 보고
산길도 걷다 보면

지천에 보이는 것
약이 되는 풀과 나물

맛깔난 요리법 고민

맞아!

시조도
그런 것
— 「창작의 시간」 전문

최문광의 시조 창작 정신은 가치관의 혼돈 속에 오염된 우리 겨레의 정신적 심지인 정형시의 혼불을 드높여 주는 의미를 부여받았다고 볼 수 있다. 그는 시조의 전통적 율격 위에 언어를 아끼며 긴요한 말을 골라 쓰는 연금술사처럼 그 당위성을 향해 끈질긴 정념을 쏟는다. 때로는 향토색 짙은 서정적 삶의 뿌리를 찾는 데 우선의 과제를 두고 있다. 산과 들에서 볼 수 있는 흔한 풀과 나물 종류를 보면서 이 시인의 상상력은 민감하게 반응한다. "맛깔난 요리법을 고민"하듯이 시조 한 수 한 수가 얼마나 힘겨운 싸움 끝에 얻어지는 것인지를 깨달을 수 있게 하고 있다. "맞아!"라는 단언적인 추측으로 당위성의 공감을 유도하고 있다. 이 같은 삶과 문학의 구도적 바탕을 형성케 한 동기야말로 자신의 실체적 체험성과 내면에 깔린 끈끈한 심리적 정황 등을 무리 없이 극복한 결과일 것이다.

주판을 놓지 말고
마음으로 다가가소

대수롭지 않은 일이
더 큰 물음 앞에 서니

속셈을
읽혀주는 것

밑짐 아닌
보탬이니

ㅡ「수완手腕」전문

시인은 빛을 스스로 만들어내며 살다가 죽어서는 광채를 발하는 하늘의 별과 같은 존재라고 한다. 그러므로 시인은 항상 자기 자신과 그의 작품에 대하여 절차탁마하는 자세로 세상을 살아가는 것이다. 시인은 세상이 어지러울 때 깨끗한 정신력을 발휘하여 시대를 정화해 나가야 하며 질서와 자리를 정돈할 힘을 표출하고, 자생할 수 있는 능력을 만들어나가는 문인이어야 한다.

"속셈을 읽혀주는 것", "밑짐 아닌 보탬이니" 하는 표현은 시인 자신이 살아온 삶의 철학이 밑바탕에 깔려있지 않으면 어렵다. 좋지 않은 것을 위해 수완을 부리지 말라는 교훈적인 작품이지만 생략과 압축으로 고개를 끄덕이게 한다.

시인은 이 사회를 깨끗하게 정화해 가는 청량제인 동시에 한 지역의 정신적 지주로서, 공인으로서 선두주자가 되어야 한다. 어지러운 이 시대에 소금과 빛의 역할을 감당해 나가는 사람이어야 한다. 부패한 곳에서도 썩지 않는 시심이어야 하고, 용렬한 곳에서도 당당할 줄 알며, 살아 있어야 할 곳에서 살아 있을 줄 알고, 목숨을 던져야 할 곳에서 구차하게 연명하지 않는 법을 아는 사람이 바로 시인이다.

익은 참외 찾으려고 풀잎을 젖히는데
개구리가 발등에다 오줌 싸고 팔짝 뛰네

오리발

비위 참 좋다

그 사람

생각난다

— 「발뺌」 전문

암탉도 알 낳으면 목청 뽑아 알리는데

배부른 여의도 닭은 낳지도 않고 소리만 커

일없이 한 해 보내도

닭 볏만 크고 붉다

—「여의도 닭」 전문

이 시조집 3부에 실려 있는 작품 15편은 골계미가 있는 작품들이다. 공격의 대상이 뚜렷한 이 두 편의 작품 중 한 편은 발등에 오줌을 싸고 도망간 개구리에 빗대어 5.18 광주민주화운동 때 일어난 일들을 부인하는 그 당시 책임 있는 사람을 풍자하고 있다. 또 한 편은 매일 하나의 달걀을 낳아주며 자신의 의무를 다하고 있는 암탉의 이미지를 끌고 와, 정쟁만 일삼고 서민들의 삶은 돌보지도 않고 놀면서 월급은 꼬박꼬박 받아 가는 국회의원들을 풍자하고 있다.

최문광의 시조는 오랜 세월을 살아온 삶의 지혜와 경험을 바탕으로 지금의 사회 현상을 해석하고 판단하고 있다. 인간과 사회의 모순과 부조리를 찾아서 파헤치고, 악덕과 사악을 고발하며, 인간의 어리석은 짓을 야유하고 조소하고, 부조리한 대상을 비난 공격하여 매서운 비판을 가하는 것이다. 궁극적으로는 가장 근원적인 삶의 형식 즉 개개인이 가지고 있는 의무와 책임을 어떻게 지는 것이 옳은 것인가에 대해 묻고 있다.

풍자와 해학은 독자에게 웃음을 준다는 사실은 같지만, 성격이 조금 다르다. 풍자에서 '자刺'는 찌른다는 뜻으로서 대상을 비판하려는 의도가 강하다. 직접 비판하기 어려울 때 간접적으로 돌려 비꼬는 것이 바로 풍자이다. 이에 반해 해학은 풍자보다는 비판적인 의도가 적은 것으로 익살스러운 행위에 초점이 놓여 있다고 할 수 있다. 날로 쌓여가는 욕구 불만과 정신적 갈등이며 스트레스에 시달리는 현대인의 긴장된 정신과 육체를 위무하고 이완시켜 주는 것으로는 해학과 골계만큼 주효한 것도 없으리라 생각된다.

조동일 교수는 '한국문학의 양상과 미적 범주'에서 문학이 추구하는 아름다움의 범주에는 숭고미, 우아미, 비장미, 골계미의 4가지가 있다고 하였다. 이러한 4가지 미적 범주는 '작가의 현실'과 '작품이 지향하는바(이상)'의 관계에 따라 나뉜 것이다. '작품이 지향하는바(이상)'에 '작가의 현실'이 어울리게 되면 숭고미, '작가의 현실'에 '작품이 지향하는바'가 녹아들면 우아미가 나타난다. 또한 '작품이 지향하는바(이상)'을 긍정적으로 보고 '자신의 현실'을 부정한다면 비장미가, '자신의 현실'을 긍정하고 '세계'를 부정하면 골계미가 나타난다고 보았다.

돌부처 콧잔등이
뜯겨져 오목하다

고만이 엄매가 떼어갔나

딸금이 엄매가 파갔나

한 맺힌 고추 설움에
부처님은 뭔 죄고

—「아들 타령」 전문

　KBS1 TV 프로그램 중에 '남도지오그래피'라는 프로가 있다. 농어촌에 거주하는 할아버지 할머니들의 삶이 주 내용이나. 그런데 재미있는 것은 할머니들이 시집살이를 심하게 당한 첫 번째 이유로 아들을 낳지 못한 죄 아닌 죄로 당한 시집살이를 꼽았다. 지금이야 상상도 못 할 일이지만 그 당시에는 아들만 낳는다면 삼신할미한테 못 해 줄 것이 없고, 남근석이며 부처님 코까지 남아나는 것이 없었다.

　최문광의 시조는 풍자와 해학, 골계와 능청, 역설과 반전, 과장과 비약의 미학으로 뒤엉켜 있다. 친화력과 호소력이 넘치는 왁살스러운 전라도 사투리도 양념처럼 섞어가며 우리 민족의 원초적 리듬인 시조의 가락을 타고 흐르고 있어 왁자하게 흥이 일어나기도 한다.

　임어당은 그의 저서 『생활의 발견』에서 "인간에게는 유머를 이해할 힘이 부여되어 있으며, 또 그것이 있기 때문에 인간의 꿈을 비판하고 그 꿈을 실현할 수 있다" 했다. 니체의 "웃음이 들어 있지 않은 진리는 진리가 아니다"라는 말과 빅토르 위고의 "인생이 엄숙하면 할수록 그만큼 유머는 필요하다"라는 말이 새삼 새겨진다.

이 시조집 곳곳에는 눈 맑은 시인이 찾아낼 수 있는 아름다운 농촌의 정경과 그 안에서 모질게 살아온 잡초 같은 삶과 자연이 살아 숨 쉬고 있다.

호미처럼 굽은 허리
갈퀴 같은 손가락이

밭고랑의 풀 뽑으면 모든 곡식이 코 만진다

구십이 넘는 나이에도
"일 안 하믄 죽어야!"

유모차 우두커니
기다리다 졸고 있네

이랑에 배춧잎이 콧등을 만지려고

어둑살 잔소리하며
들어가시라 떠민다

— 「종승이 어머니」 전문

밭은 풍요로운 생명의 산실이다. 그러나 가난을 지고 살았던 우리 어머니들에게는 인고의 장소였다. "일 안 하믄 죽어야!"하고 외치는 종승이 어머니의 목소리에서 굽은 허리와 갈퀴 같은 손이 등가로 어울리고, "이랑에 배춧잎이 콧등을 만지려고" 하는 순간에 밭과 어머니는 하나가 된다. 최문광 시인은 자신이 사는 농촌의 구체적 사물이나 상황을 시적 질료로 삼으면서 그 안에 갇히는 것이 아니라 삶에 대한 감각적 사유를 충족해간다. "느그덜 / 나 죽고 나면 / 절대 땅에 묻지 마라"(「슬픈 유언」) 같은 한의 표출은 현실의 구체성과 통합되어 애잔함이 나타나기도 한다.

경수리 목탁 소리 모두를 잡으려고
합장하는 애기단풍 화두 붉게 물드네

떨어져 휘어지는 곳
서래의西來意 찾는 길

— 「진불암 애기단풍 2」 전문

해안 절벽 바위 틈
흙 한 줌 움켜쥐고

조석간만朝夕干滿 바람 쪼아
기다림을 물들인 꽃

해조음
들릴 때마다
보랏빛이 여문다

— 「해국의 시간」 전문

이 시조집에는 「진불암 애기단풍」 연작시조 5편이 실려 있다. 진불암은 해남 대흥사에 속해 있는 암자이다. 해마다 가을이면 대흥사를 중심으로 두륜산 전체가 진홍색으로 물든 애기단풍이 절정을 이룬다. 단풍이 붉게 물든 가을날의 풍경을 담는 시인의 시선은 단풍잎의 생성과 소멸을 동시에 보고 있다. 애기단풍을 통해 짧은 시행 속에 불교에서 다다르고자 하는 경계를 넘나들고 있다. "서래의西來意 찾는 길"을 화두로 잡고 싶은 화자는 어쩌면 시인 자신인지도 모른다.

「해국의 시간」에서도 시인은 '견딤'의 삶에 주목한다. "조석간만 바람 쪼아 / 기다림을 물들인 꽃"으로 바닷가 절벽에서 생존을 위해 구도의 자세로 꽃을 피우는 해국의 모습에서, 아름다움보다는 시인 자신의 삶에 주목하며 자신의 운명을 견디는 힘을 얻고 있다.

최문광 시인은 주변에 있는 시적 소재에서 아름다움이 앞서는 자연 그대로의 설명보다 인생을 어려움 속에서 살아가는 사람들의 시선을 느끼게 한다. 새로운 이미지를 준비하게 해 주는 시적 소재를 향해 이 시인의 상상력이 민감하게 반응하는 것을 알 수 있다.

3. 껍질을 한 번 더 벗는다는 것

수성자운정 水性自云靜
석중본무성 石中本無聲

여하양상격 如何兩相激
뇌전공산경 雷轉空山驚

물의 본성은 고요하고
돌에는 본디 소리가 없는데
어찌하여 둘이 맞부딪히면
온 산에 우레같이 놀라운 소리를 낼까요?
— 위응물(당),「청가릉강수성기심상인 聽嘉陵江水聲寄深上人」
(강물 소리 듣고서)

돌과 물이 부딪혀 우레같이 놀라운 소리를 내듯이, 앞으로
도 맑은 시심과 시적 소재를 보는 창의적 상상력을 잘 버무
려 독자들이 애송하는 우레 같은 시조를 쓰라는 뜻으로 위
한시漢詩를 소개한다. 한 권의 저서는 그 저자의 생애 한 매
듭 또는 사다리나 징검돌과 같다. 시조집을 낸다는 것은 껍
질을 한 번 더 벗는 것이며 그만큼 새로워진다는 정신의 모
습이다.

『꽃신 띄운 자리』란 표제의 시조집에 실려 있는 작품들은
해설이 없어도 독자들이 읽어서 소화할 수 있는 내용이다.
일반 독자들의 경우 시조 읽기의 어려움을 호소하는 경우가
많다. 시조 형식 자체가 3-4- 3-4, 3-4-3-4, 3-5-4-3이라는 음
수나 음보에 맞춰 읽을 때라야만 내용과 형식의 조화로움을
함께 맛볼 수 있게 된다. 특히 시조는 소리 내어 읽을 때라야
만 내용의 '결'과 형식의 '리듬'이 일치할 수 있다는 점도 더불
어 귀띔해둔다.

최문광 시인의 시조는 시인의 일상이다. 비교적 짧은 습작習作 기간이지만 시조의 정형성에 대한 이해가 정확하다. 시조의 내용적 구성 논리와 미적 질서의 탐구라는 측면에서 가능성을 보여준다. 특별한 것을 찾으려고 하거나 무엇을 억지로 만들려고 하지 않는다. 그저 살아가는 것에 사랑하는 마음 하나 보탤 뿐이다. 그래서 필자는 그를 참 시인이라 부르고 싶다.

문단의 원로이신 박영교 시인은 "작금의 시대는 독자보다 시인이 더 많다"며 한국 문단의 앞날을 걱정한다. 그렇게 보니 시인은 많으나 맑고 좋은 시를 쓰는 시인을 만나기는 어렵다. 특히 요즘 문예지마다 양산해 낸 그 많은 문인의 이름은 있지만, 그들이 써내는 좋은 작품들을 만나기는 더 어렵다. 모두 각고의 노력으로 자성해야 할 때가 아닌가 한다.

최문광 시인의 작품을 읽으면서 시인으로서 노력한 땀 냄새를 맡을 수 있어서 마음이 든든하다. 좋은 작품을 쓰기 위해서는 자신이 감당해야 할 어려움이 있다. 좋은 작품이란 어렵고 힘든 생활 속에서 절실한 마음이 빚은 작품들이다. 또 이런 작품이 독자들의 마음과 정신을 사로잡는다. 독자의 공감이란 작품 속에 오직 진실이 녹아있어야 얻어낼 수 있기 때문이다.

민병도 시인은 "문학의 모든 장르가 다 그렇겠지만 시조 또한 인쇄 매체를 통해서 발표된다. 지은이 한 사람이 보자고 책을 만들지는 않는다. 마땅히 독자와의 교감이 전제된

채 발표라는 과정을 거친다. 그러기에 개인적인 아취를 넘어서는 독자들과의 공감대 확보는 필수적이다'라고 했다. 나태주 시인은 "시인은 혼자서 시인이 아닙니다. 독자와 더불어 시인입니다. 독자들이 '당신은 시인입니다'라고 인정해 줄 때만 시인입니다. 그러므로 시인은 독자를 의식하면서 시를 써야 합니다. 독자의 지지가 필요하다는 것입니다."라고 말했다. 다시 말하면 새로운 발상, 섬세함을 동반한 표현과 사유, 탁월한 비유, 틱월한 상징, 신선한 시적 직관과 반전, 솔직 담백한 시적 진술, 재미있는 풍자, 남들이 안 쓴 소재나 모티브로 시조를 쓰면 그 시조는 틀림없이 독자성을 인정받는다.

첫 시조집을 통해 최문광 시인은 자연과 인간의 간격을 좁혀가는 언어의 연금술사임을 확인할 수 있다. 시인의 경험과 기억, 상상력으로 빚어내는 시적 표정은 평소 시인의 품성을 닮을 수밖에 없다. 그런 의미에서 『꽃신 띄운 자리』의 출간은 그의 삶과 문학 활동에 있어서 뜻깊고 폭넓은 전기를 만들게 될 것이다. 첫 시조집이기에 독자들과 공감대를 형성하기 어려운 작품들이 보이지 않는 것은 아니다. 그러나 작품의 완성도와 시상의 전개가 자연스럽고 시조의 율격이 무르익어 가는 것이 보인다. 시조 창작을 위해 시인이 노력했을 과정을 짐작할 수 있다. 특히 '시절가조時節歌調'라는 시조의 원뜻에 맞게 시인의 삶과 정치, 사회 현상에 대한 날카로운 해학 속에 심미성을 창출하려는 노력이 돋보인다. 이번 시조집 발간을 계기로 체험을 보편화하고 시조의 정형성, 종장이 지닌 구성미 또한 일취월장하리라 기대한다.

최문광 시인의 시조집 해설 요구를 몇 차례 고사했음을 밝힌다. 필자도 시조의 길을 걸은 시간이 짧고 문학적 이론 등이 일천해서 한 시인의 작품 해설을 쓸 위치에 있지 않기 때문이다. 좋은 시조에 걸맞은 글이 되지 못한 것은 아닐까 하는 걱정을 끝내 떨쳐버리지 못했다.

독자들이 현실 인식과 삶의 체취가 짙은 최문광 시인의 시조를 만나는 시간은 향기로운 여정이 될 것이다. 새로운 가능성을 향한 도약을 기대하며, 독자들과 행복한 공감 속에 교감을 나눈 최문광 시인의 사랑 시조 한 편을 소개하는 것으로 글을 마칠까 한다.

욕심껏 시켜 먹고도
할 일 또 있단다

눈 감으쇼 하더니
아이참 붙여 놓고

이쁘요?
젊을 때 같네

짧고 뜨겁게 입술 쪽
　　　　　　　　　　　　　　　 ―「속 보여도 좋아요」 전문

최문광

2019년 ≪시조시학≫ 등단. 한국시조시인협회, 열린시학회, 광주·전남 시조
시인협회, 목포문인협회, 목포시조문학회 회원.

고요아침 운문정신 063

꽃신 띄운 자리

초판 1쇄 발행일 · 2023년 08월 25일

지은이 | 최문광
펴낸이 | 노정자
펴낸곳 | 도서출판 고요아침
편   집 | 정숙희 김남규

출판 등록 2002년 8월 1일 제 1-3094호
03678 서울시 서대문구 증가로 29길 12-27, 102호
전화 | 302-3194~5
팩스 | 302-3198
E-mail | goyoachim@hanmail.net
홈페이지 | www.goyoachim.net

ISBN 979-11-6724-138-2(04810)